David Perteck

Tod im Lehrerzimmer

Kriminalerzählung

Erste Auflage April 2014
Copyright by David Perteck, Hamburg 2014
Herstellung und Verlag:
BoD – Books on Demand, Norderstedt
Printed in Germany
ISBN: 978-3-7357-1933-1

www.science-fantasy.de

Tod im Lehrerzimmer

Es war ein schöner Sommertag, als der alte Hausmeister Hermann Pütz sich am frühen Morgen aufmachte, um vor Unterrichtsbeginn den Haupteingang des Schulgebäudes aufzuschließen und dann in sein Arbeitszimmer hinüber zu gehen. Als er auf dem Weg zufällig den Gang hinab zum Lehrerzimmer blickte, war er überrascht, dass die Tür dort einen Spalt weit offen stand. Seit über dreißig Jahren war er immer der Erste, der morgens in der Schule am Werk war, und jeden Abend machte er seitdem seinen Rundgang, um zu überprüfen, dass keine Türen oder Fenster im Gymnasium mehr unbefugt offen standen. Er begab sich mit erhobenem Schlüsselbund zur Tür und schaute ins Lehrerzimmer. Entsetzt schreckte er dort zurück, als er folgendes sah: Der neue Schulleiter Adolf Boxbeiß lag mitten im Lehrerzimmer auf dem Rücken mit ausgestreckten Armen und Beinen auf dem Boden. Er hatte eine schwere Verletzung am Kopf, sodass sich unter ihm eine große rote Blutlache gebildet hatte. Pütz griff schockiert zu seinem Smartphone, dessen Anschaffung ihm eben jener Schulleiter Boxbeiß vor einigen Monaten nachdrücklich befohlen hatte, nachdem der alte Hausmeister zuvor unnötige und teure moderne Technik immer abgelehnt hatte. Jetzt hatte er Gelegenheit, es zu nutzen, um die Polizei zu rufen und den Mord zu melden.

Hunderte von Schülern und Lehrern standen in lauten und entsetzten Unterhaltungen auf dem Schulhof des Gymnasiums und mehrere Kamerateams und Fotoreporter waren ebenfalls schon vor Ort und drängten sich gierig und blutrünstig an den Polizeiabsperrungen, als Kriminalhauptkommissar Thomas Müller von der Mordkommission, ein mürrisch wirkender dunkelhaariger Mann im langen grauen Mantel Anfang Fünfzig, schnellen Schritts das Schulgebäude betrat, um den Tatort zu begutachten.

„Was gibt es zu berichten?", fragte er seine junge blonde Kollegin Kriminalkommissarin Chantal Potter und den Gerichtsmediziner Prof. Dr. Wolfgang Streber, die den Ort des grausigen Geschehens bereits untersucht hatten. Sie trugen, wie alle direkt bei der Leiche von Schulleiter Boxbeiß arbeitenden Kriminalbeamten, sterile weiße Ganzkörperanzüge, sogenannte Ganzkörperkondome, um möglichst keine Spuren zu verwischen oder neue hinzuzufügen. „Sieht ganz wie ein eingeschlagener Schädel aus, Tommy", sagte Chantal. „Da hat wohl jemand kräftig zugelangt."

„Die Kopfverletzung muss mit einem schweren, harten Gegenstand von vorne auf den oberen, linken Stirnbereich erfolgt sein", erklärte Professor Streber. „Der Tod des Opfers dürfte sofort nach dieser massiven Einwirkung auf den Schädel infolge eines Schädelbasisbruches eingetreten sein. Ich muss jedoch bei der Obduktion noch eine genauere Untersuchung im Labor durchführen, bevor ich die Todesursache abschließend mit Sicherheit feststellen kann."

„Dann lasst uns die Umgebung untersuchen und eine erste Befragung möglicher Zeugen vornehmen", sagte Müller. „Dann können auch die Tatortreiniger bald anrücken. Von meinen Kindern weiß ich, dass sowieso schon viel zu viel Unterricht ausfällt. Dazu wollen wir doch nicht auch noch beitragen."

Thomas Müller und Chantal Potter befragten zunächst den alten Hausmeister Hermann Pütz, der die Leiche entdeckt hatte, sowie seine Ehefrau Ingrid Pütz. Sie saßen in der kleinen altmodisch, aber recht gemütlich eingerichteten Hausmeisterwohnung auf dem Schulgelände.

„Haben sie gestern Nachmittag, gestern Abend oder heute Nacht irgendetwas auffälliges bemerkt, das mit dem Mord an ihrem Schulleiter in Verbindung stehen könnte?", fragte Kommissar Müller.

„Nicht das Geringste", sagte Hermann Pütz, während seine Frau mit einer Kanne Tee herein kam, den Ermittlern jeweils eine Tasse einschenkte und sich dazu setzte. „Wir gehen abends normalerweise zeitig schlafen, selten sind wir länger auf als zehn Uhr, nicht wahr, Ingrid?"

„Ja", bestätigte die Hausmeistergattin. „Ich glaube, gestern waren wir kurz vor zehn Uhr im Bett. Wir haben noch einen Krimi im Fernsehen geschaut, so bis viertel vor zehn, und sind dann schlafen gegangen."

„Meinen täglichen Rundgang habe ich abends um 18 Uhr gemacht", sagte Herr Pütz. „Dabei ist mir nicht besonderes aufgefallen und danach haben wir auch nichts gehört. Der Fernseher war an und, ja, der Krimi war so langweilig, dass ich dabei wieder einmal vor dem Bildschirm eingenickt bin, nicht wahr, Liebes?"

„Ja, so war es", sagte Frau Pütz. „Wir waren den ganzen Abend ab etwa 18 Uhr in der

Wohnung und haben nichts bemerkt. Schrecklich, wie sowas direkt nebenan in der Schule passieren kann!"

„Kannten sie den Schulleiter Adolf Boxbeiß gut?", fragte Chantal. „Wissen sie eventuell von Konflikten oder von Feinden, die er an der Schule oder in seinem privaten Umfeld hatte, und die etwas mit dem Mord zu tun haben könnten?"

„Na ja, nichts bestimmtes", sagte Herr Pütz. „Es gab wohl alle möglichen Streitigkeiten, seit Herr Boxbeiß vor etwa einem Jahr der neue Schulleiter wurde. Mit Kollegen, die sich ungerecht behandelt fühlten, mit Schülern und Eltern, die sich ständig beschwert haben. Der Abteilungsleiter der Oberstufe, Herr Feige, galt als sein größter Konkurrent. Aber so eine Tat trau ich dem eigentlich nicht zu und auch niemandem sonst, den ich kenne."

„Er war eigentlich ein regelrechter Tyrann", sagte Frau Pütz. „Wir wollen ja nicht schlecht über einen Toten reden, gerade nach so einer fürchterlichen Mordtat! Aber, ehrlich gesagt, hat er viele Menschen, nicht zuletzt meinen Mann, manchmal wie den letzten Dreck behandelt! Und er soll sich, ähm, ich sag mal, auch an junge Schülerinnen herangemacht haben. Offen gesagt, der hatte schon viele Feinde, aber ich kann mir auch nicht vorstellen, was für ein Mensch zu so einer Untat fähig wäre. Das hat keiner verdient, so grausam zu enden!"

„Vielen Dank erst einmal", sagte Thomas Müller und reichte Herrn Pütz seine Visitenkarte. „Wenn ihnen noch etwas wichtiges einfallen sollte, melden sie sich bitte sofort bei uns."

„Selbstverständlich", sagte Herr Pütz,

„Hat ihnen denn der Tee geschmeckt?", fragte Frau Pütz und wollte nachschenken.

„Ja, vielen Dank nochmal, der Tee war wirklich ganz ausgezeichnet", sagte Müller und die beiden Beamten verabschiedeten sich von dem alten Hausmeisterehepaar.

Der Unterricht an dem Gymnasium fiel trotzt der schnellen Arbeit der Kriminalpolizei und der Tatortreiniger im Gedenken an den verstorbenen Schulleiter eine Woche lang aus. Lediglich eine psychologische Gruppenbetreuung wurde von der Schulbehörde angeboten, um das grauenhafte Erlebnis aufzuarbeiten.

Am nächsten Tag kam Kommissar Müller in die Gerichtsmedizin, um den Laborbericht der Autopsie von Professor Streber entgegen zu nehmen.

„Gibt es etwas neues?", fragte der Ermittler.

„In der Tat", sagte der Forensiker. „Meine erste Diagnose trifft zwar durchaus zu, was den Schädelbasisbruch betrifft. Es dürften fünf oder sechs Schläge mit einem schweren Gegenstand wie etwa einem Blumentopf oder einem Kochtopf oder etwas ähnlichem gewesen sein. Ich habe aber noch etwas ganz anderes entdeckt. Das Opfer war mit einer Überdosis an Betäubungsmitteln vollgepumpt! Ein Wirkstoff, wie man ihn aus gängigen Schlafmitteln kennt. Meinen Untersuchungen zufolge könnte der Tod ungefähr zur gleichen Zeit durch das Schlafmittel oder aber durch die Schläge auf den Schädel eingetreten sein."

„Das gibt einige Rätsel auf", sagte Müller. „Vielleicht wollte man das Opfer erst betäuben, um es dann leichter erschlagen zu können, oder aber es gab zwei unabhängige Mordversuche, die gewissermaßen beide erfolgreich verliefen. Vorausgesetzt Boxbeiß wollte nicht mit dem Schlafmittel einen Suizid verüben."

„So sieht es aus", bestätigte Streber.

Da kam Chantal Potter herbei gelaufen und wedelte aufgeregt mit einem Blatt Papier in der Hand herum.

„Das haben wir bei der Durchsuchung des Schulleiterbüros von Boxbeiß in einer Schublade gefunden!", rief die junge Kriminalbeamtin. „Schaut euch das mal an, ein seltsamer

Liebesbrief!"

Der Brief war handschriftlich mit rosa Tinte verfasst und mit vielen kleinen roten Herzchen verziert worden. Die Beamten lasen:

Mein geliebter Adolf!
Ich kann nicht mehr länger warten! Ich liebe dich über alles und du hast mir auch immer wieder deine Liebe gestanden! Seit ich dich in der siebten Klasse zum ersten Mal gesehen habe, lebe ich nur noch für dich und unsere grenzenlose Liebe! Du hast mir schon tausendmal geschworen, dass du deine Familie für mich verlässt und wir endlich allen unsere ewige Liebe zeigen können! Das Versteckspiel muss endlich ein Ende haben! Ich kann nicht mehr warten, bis wir uns wieder im Hotel oder irgendwo anders heimlich treffen! Mein über alles geliebter Adi! Heute Abend um 21 Uhr warte ich im Lehrerzimmer auf dich! Ich verstecke mich solange einfach in der Schule. Wenn du da bist weiß ich, dass unsere Liebe die Wahrheit ist und ewig währt! Wenn du nicht kommst, dann will ich nicht mehr Leben und bringe mich um! In grenzenloser und verzweifelter Liebe, tausend Küsse überall an deinen Körper!!!
Deine Mary

„Höchst interessant!", sagte Müller. „Vermutlich war damit der Abend gemeint, an dem Direktor Boxbeiß dann im Lehrerzimmer ermordet wurde! Und bei dieser Mary muss es sich um eine Schülerin und heimliche Geliebte von Schulleiter Boxbeiß handeln! Vielleicht ist sie die Täterin!"

„Aber warum sollte eine heimliche Geliebte ihn ermorden?", fragte Chantal.

„Er könnte von ihr verlangt haben, die Beziehung zu beenden", überlegte Müller. „Wegen seiner Familie und seiner Stellung als Schulleiter. Und dann ist sie völlig ausgerastet und hat ihn mit einer bisher noch unbekannten Tatwaffe erschlagen."

„Und ihm hinterher das Schlafmittel eingeflößt?", fragte Professor Streber skeptisch. „Das erscheint mir ziemlich unwahrscheinlich. Dann hätte sie sich damit doch folgerichtig auch selbst umbringen müssen. Immerhin droht sie in ihrem Brief mit Selbstmord."

„Vielleicht hat sie es sich noch anders überlegt", sagte Müller, „ihren Geliebten in Verzweiflung erschlagen und wollte schließlich selbst doch noch weiterleben."

„Oder sie konnte sich einfach nicht überwinden", warf Chantal ein, „das Schlafmittel selbst zu nehmen, um sich damit umzubringen. Da hat sie es einfach noch Boxbeiß eingeflößt.

In so einer emotionalen Situation, wenn man völlig die Kontrolle über sich verliert, verhält man sich bekanntlich nicht streng rational, sondern eher etwas ungewöhnlich."

„Wir sollten jedenfalls schnellstens herausfinden, wer diese Mary ist", sagte Müller. „Eventuell war der Brief auch gefälscht und jemand anders wollte Boxbeiß damit in eine Falle locken!"

„Das könnte sein", sagte Chantal. „Zumal wir auf seinem Smartphone und seinen Computern keine Nachrichten, keine Fotos oder andere Hinweise gefunden haben, die auf diese heimliche Liebesbeziehung zu einer Schülerin namens Mary hindeuten. Entweder waren sie sehr vorsichtig und haben ihre Liebesbekundungen und Verabredungen nicht per Smartphone oder E-Mail oder so ausgetauscht oder Boxbeiß hat hinterher immer alles gelöscht."

In diesem Moment klingelte Kommissar Müllers Smartphone. „Die Aasgeier von der Presse wittern Beute", meldete ein Kollege. „Was sollen wir den Schmarotzern sagen?"

„Gebt den Schmierfinken nur das Allernötigste", sagte Müller. „Bestätigt, dass der Schulleiter Adolf Boxbeiß gestern tot in seiner Schule aufgefunden wurde. Und ansonsten die üblichen Floskel: Genauere Einzelheiten können wir zu diesem Zeitpunkt aus ermittlungstaktischen Gründen noch nicht bekanntgeben."

Die weiteren Ermittlungen ergaben folgendes:

Mary von Schönbrunn war eine Schülerin aus der zehnten Klasse, in der Boxbeiß bereits seit der siebten Klasse Deutsch und Mathematik unterrichtet hatte. Er war nämlich schon seit fünfzehn Jahren Lehrer an der Schule gewesen und erst vor etwa einem Jahr zum neuen Schulleiter ernannt worden. Die Handschrift auf dem Liebesbrief stimmte deutlich mit ihrer überein, wie Vergleiche mit Schulheften und Klassenarbeiten sowie eine aktuelle Handschriftprobe ergaben.

Des Weiteren brachten Müller und sein Ermittlungsteam in Erfahrung, dass es einige Tage vor dem Mord eine heftige Auseinandersetzung zwischen Direktor Boxbeiß und einem seiner Lehrerkollegen gegeben hatte. Der Abteilungsleiter der Oberstufe und einstige erbitterte Konkurrent um den Posten des Schulleiters Bernhard Feige war dabei fast handgreiflich geworden und hatte Boxbeiß vor Zeugen lauthals gedroht, ihn umzubringen. Damals hatte das natürlich keiner ernst genommen, doch jetzt war Feige damit auch ein Tatverdächtiger.

Als weiterer Tatverdächtiger stellte sich der Schüler Kevin Schneider heraus, der vor drei

Monaten wegen Streitigkeiten mit Schulleiter Boxbeiß und entsprechenden Disziplinarmaßnahmen von dem Gymnasium verwiesen worden war. Der Siebzehnjährige hatte daraufhin in Internetforen und sozialen Netzwerken ein Attentat auf den Direktor im Rahmen eines umfassenderen Amoklaufs an seiner ehemaligen Schule angekündigt. Die entsprechenden Einträge hatten jedoch zunächst nur einige Mitschüler gesehen, als leere Drohgebärden abgetan und nicht weiter ernst genommen. Erst im Zuge der Ermittlungen nach dem Mord im Lehrerzimmer waren sie an einen größeren Personenkreis und schließlich auch an die Polizei weitergeleitet worden.

Außerdem musste die Ehefrau des ermordeten Schulleiters, Sieglinde Boxbeiß, nach dem ersten behutsamen Überbringen der Todesnachricht noch ausführlich befragt werden, um möglicherweise weitere Hinweise auf den Tathergang und den Täter aus dem privaten Umfeld des Opfers zu ermitteln. Sollte Frau Boxbeiß von der mutmaßlichen heimlichen Liebesbeziehung ihres Ehemannes zu seiner Schülerin gewusst haben, dann hatte auch sie ein mögliches Tatmotiv.

Thomas Müller und Chantal Potter wollten also diese vier Hauptverdächtigen nacheinander befragen. Drei von ihnen luden sie dafür telefonisch für den nächsten Tag ins Landeskriminalamt zur Vernehmung vor, während sie für Kevin Schneider kurzerhand einen richterlichen Hausdurchsuchungsbeschluss erwirkten, da er im Internet direkt mit Mord und Amoklauf gedroht hatte, man ihn zu Hause überraschen und mögliche Beweismittel bei ihm sicherstellen wollte.

„Mein Leben ist zerstört!", klagte Mary von Schönbrunn mit von Tränen überströmtem Gesicht. Die Schülerin wurde von ihren Eltern und einem Rechtsanwalt der reichen Industriellenfamilie begleitet. „In der siebten Klasse habe ich mich unsterblich in Adi verliebt, es war wirkliche Liebe auf den ersten Blick! Dann hab ich ihm immer Liebesbriefe geschrieben und unsere Namen mit rosa Kreide in ein großes Herz auf dem Schulhof gemalt. Auf einer Klassenreise, als ich gerade vierzehn geworden war, habe ich mich dann richtig an ihn rangemacht und ihn in einer Nacht einfach verführt, auf dem Dachboden von dem Schullandheim! Seitdem sind wir das größte Liebespaar der Welt! Er hat mir immer versprochen, wenn ich sechzehn werde, verlässt er seine Frau und seine dämlichen Kinder für mich! Bis dahin müssen wir alles geheim halten, um unsere Liebe nicht zu gefährden. Aber als ich vor drei Wochen Geburtstag hatte und sechzehn wurde, hat er mich immer noch weiter hingehalten! Er wurde immer komischer und abweisend und hat mich wie eine ganz normale Schülerin behandelt. Und das nachdem ich ihm damals meine Jungfräulichkeit geschenkt und es tausendmal mit ihm getrieben habe, dieses Dreckschwein! Aber ich hab ihn immer noch geliebt! Und deshalb hab ich ihm den letzten Brief geschickt und wollte alles im Lehrerzimmer mit ihm klären!"

„Dieses widerliche Dreckschwein!", rief Marys Vater und schlug mit der Faust auf den Tisch. Ihre Mutter war inzwischen ebenfalls in Tränen ausgebrochen. „Hätte ich das gewusst", wetterte der Vater, „dann hätte ich den Sittenstrolch eigenhändig aus der Stadt befördert, oder gleich ins Grab, das können sie mir glauben! Das war doch ein Krimineller, unsere Tochter so zu missbrauchen!"

„Bitte beruhigen sie sich", sagte Chantal. „Wir verstehen ihre Lage und ihre Aufregung, es handelt sich wohl um eine Dienstpflichtverletzung gegenüber Schutzbefohlenen, aber wir müssen den Fall aufklären und dazu sind diese Fragen leider erforderlich."

„Haben sie denn in den letzten Jahren gar nicht bemerkt, dass ihre Tochter in diesem intimen persönlichen Verhältnis zu Herrn Boxbeiß stand?", fragte Müller die Eltern.

„Nein!", sagte der Vater erbost, während die Mutter den Kopf schüttelte und sich die Tränen mit einem Taschentuch abwischte. „Hätten wir das gewusst, dann wäre ich dem Täter gerne zuvorgekommen! Aber wir hatten nicht den blassesten Schimmer davon!"

„Ihr habt ja immer nur an die Arbeit gedacht", klagte Mary an die Eltern gewandt. „Wie solltet ihr denn da merken, was ich alles mache. Aber es war wahre Liebe!"

„Was ist dann an besagtem Abend geschehen?", fragte Kommissar Müller. „Haben sie um 21 Uhr im Lehrerzimmer auf Herrn Boxbeiß gewartet?"

„Ja", sagte Mary. „Ich hab mich erst auf einer Toilette versteckt und irgendwann ins Lehrerzimmer geschlichen. In einem kleinen Nebenraum habe ich gewartet, hinter einem Regal versteckt, bis alle Lehrer weg waren. Am Abend kam dann Adolf, um mich zu treffen."

„Und dann?", fragte Müller.

„Er hat gesagt, dass wir unsere Liebe noch länger geheim halten müssen", sagte Mary. „Er hatte nicht gewusst, dass sein Verhalten vielleicht strafbar war und sich erst jetzt darüber informiert. Wenn wir es verraten, dann würde man ihn entlassen oder zumindest versetzen und er müsste woanders arbeiten. Dann könnten wir uns auch nicht mehr so leicht treffen."

„Dieses verlogene, skrupellose Dreckschwein!", warf Marys Vater ein.

„Aber er hat sich ganz lieb bei mir entschuldigt", sagte die Schülerin. „Er wusste, dass er mir viel zumutete, aber wenn ich achtzehn wäre und nach dem Abitur, dann würde er sofort seine blöde Frau verlassen und wir könnten dann zusammenziehen und für immer zusammen sein! Ich war einverstanden und wir haben uns noch total leidenschaftlich geküsst und dann bin ich nach Hause gefahren."

„Und was hatte es mit deinen Selbstmordplänen auf sich, die du in dem Brief erwähnt hast?", fragte Müller. „Wie hättest du dich umbringen wollen?"

„Ach", sagte Mary und holte etwas aus ihrer Jackentasche, „ich hatte das Taschenmesser dabei, damit wollte ich mir sonst die Pulsadern aufschneiden. Aber ich glaube, ich hätte das gar nicht wirklich gekonnt. Ich wollte meinen Adi doch nur etwas unter Druck setzen, damit er sich endgültig für mich entscheidet. Aber dann haben wir uns wieder vertragen – und jetzt ist er tot! Das ist alles meine Schuld! Dafür sollte ich mich umbringen! Ich will ohne Adolf nicht mehr leben!"

„Wenn es sich so abgespielt hat, wie sie sagen", meine Chantal, „dann trifft sie keine

Schuld. Der Täter hätte ihm überall auflauern können. Es war vermutlich reiner Zufall, dass sein Mörder ihn gerade im Lehrerzimmer überrascht hat, kurz nachdem sie da waren."

„Wie haben sie Herrn Boxbeiß eigentlich ihren Brief zukommen lassen?", wollte Müller wissen.

„Er war gerade nicht da, als ich zu ihm wollte, um ihm den Brief im Büro zu geben", sagte Mary. „Den hab ich dann in einem Briefumschlag einer Lehrerin gegeben, damit sie ihn in sein Fach legt. Die hat gesagt, er kommt nachher auf jeden Fall noch wegen einer Konferenz und bekommt dann den Brief."

„Und wer war diese Lehrerin?", fragte Müller.

„Das war Frau Feige", sagte Mary.

„Ist das die Ehefrau von dem Lehrer Bernhard Feige?", fragte Müller.

„Genau, das ist unsere Kunst- und Musiklehrerin", sagte Mary.

„Haben sie denn noch irgendetwas anderes bemerkt?", fragte Müller. „Haben sie abends noch andere Personen in der Schule oder in der Nähe gesehen? Alles könnte helfen, um den Mord an Herrn Boxbeiß aufzuklären und den Täter zu fassen."

„Ich habe niemanden mehr gesehen", sagte Mary. „Es war schon ziemlich dunkel und ich bin dann mit dem Rad nach Hause gefahren. Und Adi ist noch in der Schule geblieben."

„Dann haben wir derzeit keine weiteren Fragen mehr an sie", sagte Müller.

„Ich habe aber noch einige Fragen an diese Schulbehörde!", wetterte Herr von Schönbrunn wutentbrannt. „Wie kann so ein Persversling in dieser Stadt überhaupt Lehrer und Schulleiter werden? Das wird noch ein gehöriges juristisches Nachspiel für den Schulsenator haben!"

Als nächstes wurde Bernhard Feige vernommen, der Abteilungsleiter der Oberstufe sowie Erdkunde- und Sportlehrer.

„Herr Feige", fragte Müller, „wo waren sie zur Tatzeit, letzten Montag zwischen 20 und 22 Uhr?"

„Ich war zu Hause", sagte der Lehrer, „gemeinsam mit meiner Frau. Wir haben noch etwas gearbeitet, Klassenarbeiten korrigiert und Unterricht vorbereitet und so etwas, und im Hintergrund lief dabei so ein langweiliger Fernsehkrimi."

„Sie hatten immer wieder Konflikte mit ihrem Schulleiter Herrn Boxbeiß", sagte Müller. „Vor kurzem haben sie ihn tätlich angegriffen und ihm gedroht, ihn umzubringen. Was sagen sie dazu?"

„Das war nicht ernst gemeint", sagte Feige. „Das war nur so ein Spruch im Eifer des Gefechts, verstehen sie? Es ging wieder einmal um irgendeine Angelegenheit, bei der Boxbeiß mir schaden und mich klein halten wollte, wenn ich so offen sprechen darf. Eigentlich wäre ich vor einem Jahr für den Posten des Schulleiters vorgesehen gewesen! Aber Boxbeiß hat hinter meinem Rücken im Kollegium intrigiert und als ich dann von der Lehrergesamtkonferenz gewählt werden sollte, hat er sich plötzlich völlig überraschend selbst zur Wahl gestellt. Er hatte vorher heimlich seine Truppen gesammelt und wurde tatsächlich mit drei Stimmen Vorsprung gewählt, stellen sie sich das mal vor! Die Schulbehörde hat ihn dann zum Oberstudiendirektor befördert und zum Schulleiter ernannt, das war dann alles nur noch reine Formsache. Nachdem ich jahrelang die ganze Arbeit geleistet und den alten Schulleiter nach Kräften unterstützt habe bis zum Umfallen! Den Kollegen hat er wohl alle möglichen Versprechungen gemacht, um sie auf seine Seite zu ziehen. Selbst diese Querulanten und Wichtigtuer vom Personalrat haben ihn unterstützt! Und mir ist er damit eiskalt in den Rücken gefallen! Seitdem gab es natürlich immer wieder Konflikte und er konstruierte alle möglichen dienstlichen und fachlichen

Vorwände, um mich zu mobben und weiter klein zu halten!"

„Haben sie etwas mit Herrn Boxbeiß' Tod zu tun?", fragte Müller. „Sie sind einer der Hauptverdächtigen."

„Um Gottes Willen!", rief Feige. „Ich bin doch nicht wahnsinnig! Damit habe ich nichts zu tun! Sie werden aber verstehen, dass ich auch nicht gerade derjenige bin, der jetzt am meisten um den Kollegen trauert. Ich kann mir schon denken, dass er noch mehr Feinde hatte und es irgendjemandem mal zu viel mit ihm wurde. Aber ich war es nicht! Dafür würde ich niemals meine Freiheit und meine Karriere aufs Spiel setzen. Ich habe mich gerade erst an einem anderen Gymnasium um die Stelle des dortigen Schulleiters beworben und sehe dort allerbeste Chancen für mich. Dann wäre ich Boxbeiß und seine schäbigen Mobbingattacken sowieso bald losgeworden. Das hätte ich niemals riskiert, so eine sinnlose Straftat, glauben sie mir! Schon weil ich doch damit hätte rechnen müssen, dass es nahe liegend wäre, mich zu verdächtigen. Ich bin unschuldig!"

„Sie könnten auch im Affekt gehandelt haben", sagte Müller. „Vielleicht haben sie ja die Kontrolle über sich verloren, wie bei ihrer kürzlichen verbalen Drohung. Sie mussten ihren Hass auf ihren Vorgesetzten endlich einmal rauslassen. Er hat sie wieder einmal bis aufs Blut gereizt und da haben sie ihn einfach totgeschlagen!"

„Unsinn!", rief Herr Feige. „Ich war es nicht! Wie gesagt, ich war den ganzen Abend zu Hause bei meiner Frau."

„Ihre Frau ist auch Lehrerin an dem Gymnasium?", fragte Chantal.

„Ja", sagte Feige, „für Kunst und Musik."

„Stand sie auch in einem gespannten Verhältnis zu Herrn Boxbeiß?", fragte die Beamtin.

„Sie hat mich natürlich immer vollkommen unterstützt", sagte Feige. „Aber öffentlich hat sie sich da eher zurückgehalten und den Kontakt mit diesem Ekelpaket wo es eben ging gemieden. Sonst gibt es dazu nichts mehr zu sagen."

„Vielen Dank, Herr Feige", sagte Müller. „Verlassen sie bitte vorerst nicht die Stadt und halten sie sich für eventuelle weitere Fragen zur Verfügung. Meine Kollegin begleitet sie hinaus."

„Guten Tag", sagte Feige verärgert.

Der Schüler Kevin Schneider wurde um halb sieben von seltsamen Geräuschen an der Tür der elterlichen Wohnung in einer Plattenbausiedlung geweckt. Kurz darauf stürmten mehrere schwarz vermummte und behelmte Polizeibeamte des Sondereinsatzkommandos in sein Zimmer, rissen ihn aus dem Bett, warfen ihn brutal auf den Bauch zu Boden, verdrehten ihm äußerst schmerzhaft die Arme auf den Rücken, legten ihm Handschellen an und richteten Maschinenpistolen auf seinen Kopf. Die schockierten Eltern und seine beiden kleineren schreienden Geschwister wurden entsprechend in anderen Räumen in Gewahrsam genommen.

Später saß Kevin gefesselt auf einem Stuhl inmitten seines verwüsteten Zimmers, das die Polizisten bei der Durchsuchung völlig auf den Kopf gestellt hatten. Sein Homecomputer, sein Laptop und sein Smartphone sowie alle seine weiteren elektronischen Datenträger waren beschlagnahmt und ins Landeskriminalamt weggeschafft worden, um sie nach Tathinweisen und Beweismitteln zu durchforsten. Außerdem hatten die Beamten in seinem Zimmer eine Gaspistole gefunden sowie zwei Schreckschusspistolen, wie man sie an Silvester verwendet, drei Pfefferspraydosen, eine Paintballausrüstung mit entsprechendem Gewehr, ein Samuraischwert, ein Springmesser, zwei Butterflymesser und fünf Ninjawurfsterne, die Kevin sich allesamt im Internet bestellt oder bei gleichgesinnten Freuden besorgt hatte. Das Schwert, das nur zu Dekorationszwecken in stumpfer Form geliefert wurde, hatte er eigenhändig mit einem Schleifstein aus der Werkstatt eines bekannten Auszubildenen geschärft. An den Wänden des Jugendzimmers hingen zahlreiche Poster von Splatterhorrorfilmen und Blackmetalbands sowie einige eingerahmte Fotos von alten Schützenpanzern und Kriegsflugzeugen, vermutlich aus dem Zweiten Weltkrieg.

„Sie scheinen ja ein ziemlicher Waffennarr zu sein!", sagte Kommissar Müller und fixierte den Jungen mit bösem Blick.

„Was soll der Scheiß!?", rief Kevin. „Das ist bloß mein Hobby! Ich bin auch Sportschütze und spiele gern Ballerspiele, na und!? Das macht mir eben Spaß, wie Millionen anderen auch, und ich hab niemanden damit verletzt!"

„Aber bedroht", sagte Müller. „Sie haben im Internet angekündigt, ihren ehemaligen Schulleiter Herrn Adolf Boxbeiß zu ermorden und sogar einen Amoklauf an ihrer ehemaligen Schule zu veranstalten! Ich zitiere ihren Eintrag: *Boxbeiß ist tot! Das Dreckschwein wird abgeschlachtet! Das wird ein geiler Amoklauf! Noch besser als in Erfurt und in Winnenden! Ich geh bis an die Zähne bewaffnet in die Schule und knall die dummen Lehrerschweine alle ab! Das Blut wird in Strömen fließen! Boxbeiß, du altes Mistschwein, dein Grab ist schon geschaufelt! Ich knall dich ab!!!* Und Herr Boxbeiß ist zufällig vorgestern tot in der Schule aufgefunden worden, wie sie vielleicht wissen!"

„Ja, das kam in den Nachrichten", sagte Kevin. „Geschieht dem alten Dreckssack recht! Irgendjemand musste sich mal wehren! Aber ich war das nicht! Das im Internet, man, da hab ich doch bloß mal Dampf abgelassen, weil das Schwein mich weggemobbt hat! Aber den echt abzuknallen oder totzuschlagen oder so, das hab ich doch gar nicht nötig! Der hat bestimmt tausend Feinde an der Schule gehabt! Und irgendeiner hat ihn eben erledigt!"

„Vielleicht waren sie das", sagte Chantal. „Wollten sie sich etwa an ihm rächen?"

„Ich war es nicht!", beharrte der Junge.

„Warum wurden sie von der Schule verwiesen?", fragte Chantal.

„Na, angeblich, weil ich ne Waffe mit in der Schule hatte", sagte Kevin. „So'n Messer, wie sie vorhin gefunden haben, so'n kleines Springmesser. Aber dafür bekommt man doch höchstens ne Verwarnung. Und erst nach drei Verweisen fliegt man raus! Der scheiß Boxbeiß hat das aber so hochgespielt, als wenn ich ihn bedroht hätte und abstechen wollte. Dabei hatte ich das Ding nur in der Tasche und unterm Tisch und in der Pause mal meinen

Freunden gezeigt. Das Dreckschwein hat gelogen wie gedruckt!"

„Warum hätte Herr Boxbeiß das machen sollen?", fragte Chantal.

„Dem hat das nicht gepasst", fuhr Kevin fort, „dass ich mir nicht alles von dem gefallen lasse, von dem scheiß Lehrer, ey! Ich hab meine Meinung gesagt, auch das es voll widerlich ist, wie der sich an Schülerinnen ranmacht. Das weiß doch jeder, dass der gerne mit geilen Mädchen gepoppt hat! Bestimmt hat er den Schlampen dann bessere Noten für den Sex gegeben, der dumme Fickpenner!"

„Mit welchen Mädchen soll er das denn zum Beispiel gemacht haben?", fragte Chantal.

„Ach, mit der geilen Mary Schönbrunn", sagte Kevin, „aus meiner Klasse, und mit mehreren anderen Mädchen aus anderen Klassen auch noch, keine Ahnung. Mary hat er jedenfalls dauern gevögelt, dieses Dreckschwein!"

„Eifersüchtig, was?", stichelte Müller.

„Ey, man, Alter!", rief Kevin, „Das ist doch voll pervers! Der alte Sack mit den Mädchen, als Lehrer fickt er die einfach, der war doch über fünfzig Jahre alt, total pervers und ekelhaft! Aber weil ich das angesprochen hab, da hat der Typ das mit dem Messer gleich benutzt, um mich voll ungerecht anzuschwärzen und direkt von der Schule zu schmeißen!"

„Wo waren sie denn zur Tatzeit", fragte Müller, „letzten Montag zwischen 20 und 22 Uhr?"

„Da war ich gar nicht in der Stadt", sagte Kevin. „Seit ich von der Schule geflogen bin, hab ich noch keine andere gefunden, wo man mich aufnimmt. Wer will schon einen angeblichen Gewalttäter, der den Schulleiter abstechen wollte? Meine Noten waren bei solchen Idioten von Lehrern natürlich auch nicht gerade die besten! Deshalb hatte ich frei und war zu der Zeit auf einem Paintballturnier außerhalb der Stadt. Für fünf Tage hab ich da bei Freunden gewohnt und gestern Abend bin ich erst wieder hier gewesen. Tja, dumm gelaufen was!? Die Veranstalter und die ganzen Teilnehmer können das bezeugen. Mein Team war übrigens Sieger!"

„Wir werden das alles genau überprüfen", sagte Müller.

„Machen sie nur!", rief Kevin. „Ihr Bullenschweine seid doch genauso bescheuert wie die scheiß Lehrer! Boxbeiß hat mein Leben zerstört, deshalb hätte ich ihn gern plattgemacht und hab das im Internet gepostet! Aber ich war es leider nicht, hehe!"

„Vielen Dank und einen schönen Tag noch", sagte Müller und verließ mit Chantal die Wohnung der Familie Schneider. Später wurde das Alibi von Kevin bestätigt und auf seinen Datenträgern wurden auch keine Hinweise auf die Tat gefunden.

Die Hausfrau Sieglinde Boxbeiß, eine zierliche und schüchtern wirkende Frau Mitte Vierzig, hatte nach dem Tod ihres Mannes einen Nervenzusammenbruch erlitten und brach bei der Befragung durch die Ermittler bald erneut in Tränen aus. Ihre beiden Kinder, einen fünfzehnjährigen Sohn und eine dreizehnjährige Tochter, die ebenfalls das Gymnasium des Vaters besuchten, hatte sie zunächst zu ihren Eltern an den Stadtrand gebracht, damit sie den schockierenden Tod des Vaters dort betrauern und in aller Ruhe verarbeiten sollten.

„Haben sie in letzter Zeit in ihrem Umfeld irgendetwas bemerkt, dass mit dem Mord an ihrem Ehemann in Verbindung stehen könnte, Frau Boxbeiß?", fragte Kommissar Müller.

„Nein, eigentlich gar nichts", antwortete sie. „Mein Mann hat immer von allen möglichen Schwierigkeiten und Streitigkeiten bei der Arbeit geklagt. Bis zur Geburt meines ersten Kindes habe ich ja selbst in Teilzeit als Lehrerin gearbeitet und ich weiß, was es da oft für Stress und Belastungen gibt. Einige Kollegen an der Schule haben ihn um seinen Erfolg und seine Karriere beneidet und ihm die Arbeit als Schulleiter manchmal regelrecht zur Hölle gemacht. Aber dass jemand zu so etwas fähig sein könnte, das hätten wir niemals geglaubt!"

„Bitte verstehen sie das nicht falsch", sagte Müller, „aber ich muss sie das fragen, um alle Hinweise zu erwägen und den Mord an ihrem Mann aufzuklären. Hatten sie selbst einmal Konflikte mit ihrem Mann oder Probleme in ihrer Ehe oder ihrer Familie?"

„Nein", sagte Frau Boxbeiß. „Wir haben uns geliebt und eine glückliche Ehe geführt. Adolfs Karriere ging super voran und ich war glücklich zu Hause mit den Kindern und meinen ehrenamtlichen Aufgaben. Die einzigen kleineren Konflikte gab es vor etwa zehn Jahren, als wir in das neue Haus umgezogen sind und uns mit den kleinen Kindern alles etwas über den Kopf gewachsen ist. Aber ich denke, das war ganz normal, und wir haben dann auch alles wunderbar gemeistert. Meine Eltern haben uns damals finanziell etwas unter die Arme gegriffen, da hatten wir natürlich Glück, mein Vater war ja früher Wirtschaftsminister und erfolgreicher Unternehmer. Das Haus ist inzwischen längst abbezahlt und seitdem ging alles so wunderbar bergauf. Manchmal hat Adolf über seine Arbeit und die undankbaren Kollegen geschimpft, oder über lästige Schüler und Eltern, aber bei uns zu Hause in der Familie gab es niemals ernsthafte Probleme."

„War es üblich", fragte Müller, „dass ihr Mann noch am späteren Abend in der Schule war oder wissen sie, ob er dort gerade zur Tatzeit etwas bestimmtes vorhatte?"

„Meistens war er so zwischen sechzehn und siebzehn Uhr zu Hause", sagte Frau Boxbeiß. „Aber es gab immer mal einzelne Termine, die auch noch später am Abend waren. Das war nichts besonderes und deshalb hab ich auch an dem Tag nicht genauer nachgefragt. Er hatte noch irgendetwas in der Schule zu besorgen, soweit ich weiß."

„Wo waren sie zu dieser Zeit?", fragte Müller. „Am Montag von 20 bis 22 Uhr?"

„Ich war mit den Kindern zu Hause", sagte sie. „Ich habe einige Hausarbeiten erledigt und dann Fernsehen geschaut, die Tagesschau und so einen Kriminalfilm, glaub ich."

„Haben sie ihren Mann später an diesem Abend nicht vermisst?", erkundigte sich Müller.

„Nein", antwortete Frau Boxbeiß. „Wie gesagt, manchmal hatte er abends noch länger in der Schule zu tun und ich bin an dem Abend dann um halb elf schlafen gegangen. Das er noch nicht da war, dabei hab ich mir nichts weiter gedacht. Wenn er wichtige Besprechungen hat, dann ruft er mich um die Zeit ja auch nicht mehr an. Am nächsten Morgen wurde ich dann vom Klingeln der Polizei geweckt."

„Vielen Dank, Frau Boxbeiß", sagte Müller. „Es tut mir Leid, dass wir sie in dieser Situation noch einmal behelligen mussten. Nochmals mein herzlichstes Beileid und alles gute für sie und ihre Kinder."

„Danke", sagte sie schluchzend. „Ich weiß, dass sie ihr bestes tun. Bitte finden sie den Mörder meines Mannes, auch wenn ihn das nicht zurückbringen kann!"

Am Abend kam Chantal mit einer neuen Spur zu Kommissar Müller ins Büro.

„Schau dir das mal an, Tommy", sagte sie. „Was ist das wohl?"

„Es sieht ganz so aus wie der Liebesbrief, den Mary von Schönbrunn an Adolf Boxbeiß geschickt hat", sagte Müller und trank einen weiteren Schluck starken schwarzen Kaffee.

„Genau", sagte Chantal.

„Also, was soll daran neu sein?", fragte der Ermittler.

„Es ist eine Kopie", sagte Chantal.

„Und was bedeutet das?", wollte Müller wissen.

„Wir haben sämtliche Computer in der Schule überprüft", sagte die junge Beamtin. „Das war natürlich wieder mal eine Heidenarbeit für die Kollegen. Aber diesmal hat es etwas gebracht!"

„Und das wäre?", fragte Müller.

„Sämtliche Kopien, die in der Schule gemacht werden, müssen automatisch in einem Computerprogramm registriert und gespeichert werden", erklärte Chantal. „Das ist vorgeschrieben, um Urheberrechtsverletzungen zu verhindern, weil nicht mehr Seiten als genehmigt aus einem bestimmten Lehrbuch oder so kopiert werden dürfen. Eigentlich völliger Schwachsinn, mit dem die Verlage den Schulen möglichst viel Geld aus der Tasche ziehen wollen, na ja, wie dem auch sei. Jedenfalls hat sich dadurch eine weitere Spur ergeben!"

„Spann mich nicht so auf die Folter!", sagte Müller. „Vermutlich ist der Liebesbrief also auf einem Kopierer in der Schule kopiert worden."

„So ist es!", sagte Chantal begeistert. „Und diese Kopie wurde ordnungsgemäß registriert und gespeichert. Ich glaube kaum, dass Mary den Brief hat kopieren lassen, denn es haben da nur Lehrer Zugang zum Kopierraum, und erst recht glaub ich nicht, dass Herr Boxbeiß diesen für ihn heiklen Brief kopiert hat."

„Theoretisch könnte es einer von ihnen gewesen sein", meinte Müller, „aber ich sehe schon, worauf du hinaus willst."

„Höchstwahrscheinlich", fuhr Chantal fort, „hat die Lehrerin Frau Feige den Brief von Mary an ihren Schulleiter geöffnet und eine Kopie davon angefertigt."

„Das ist natürlich aufschlussreich", sagte Müller. „Sie könnte den Brief ihrem Mann Bernhard Feige gezeigt haben. Jedenfalls dürfte die Beziehung zwischen Boxbeiß und Mary nicht mehr völlig geheim gewesen sein. Vielleicht hat es auch schon vorher unerwünschte Mitwisser gegeben, wenn man die Aussagen von Kevin Schneider dazu bedenkt. Die Eheleute Feige sind damit jedenfalls um so verdächtiger, etwas mit dem Mord zu tun zu haben. Denn sie haben von der Liebschaft und dem geplanten Treffen im Lehrerzimmer gewusst."

„Zumindest Frau Feige", warf Chantal ein. „Aber wahrscheinlich hat sie die Kopie auch ihrem Mann gezeigt, der damit etwas gegen den verhassten Schuldirektor in der Hand hätte. Und den Brief hat sie nach dem Kopieren weitergeleitet, weil sie keinen Grund sah, das anvisierte Treffen zu sabotieren oder auch, um sich selbst nicht der Spionage verdächtig zu machen, denn Mary hätte später vielleicht erfahren, wenn der Brief nicht wie versprochen bei Herrn Boxbeiß angekommen wäre."

„Gute Arbeit!", lobte Müller.

„Ich habe aber noch etwas", sagte Chantal und holte schnell eine durchsichtige Plastiktüte mit einem golden glänzenden großen Gegenstand darin. „Die Spurensicherung hat das hier sichergestellt. Es ist ein Fußballpokal, der bis vor kurzem noch in einer Vitrine in dem Gymnasium stand. Er wurde aber in einem Müllcontainer im Hinterhof gefunden. Frische Fingerabdrücke waren nicht daran, man hat sie offensichtlich gründlich abgewischt oder den Pokal mit Handschuhen angefasst. Aber er ist deutlich verbeult und diese Form passt haargenau zum zertrümmerten Schädel von Schuldirektor Boxbeiß, wie die Faust aufs Auge! Außerdem waren noch Gewebespuren daran festzustellen und Professor Streber konnte sie im Laborvergleich eindeutig mit den Gewebeproben des Opfers identifizieren!"

„Dann haben wir also die mutmaßliche Tatwaffe!", rief Müller. „Ich glaube, wir kommen der Sache immer näher!"

Thomas Müller und Chantal Potter befragten am nächsten Tag erneut Bernhard Feige, diesmal gemeinsam mit seiner Ehefrau Cindy Feige, zu den Vorgängen um den Liebesbrief und den Mord im Lehrerzimmer.

„Kennen sie diesen Brief?", fragte Müller und hielt das Schreiben mit der rosa Handschrift und den roten Herzchen hoch. „Sie haben ihn in der Schule weitergeleitet, Frau Feige. Wir vermuten, dass sie eine Kopie davon angefertigt und ihrem Mann gezeigt haben, denn eine Kopie wurde nachweislich angefertigt und dabei automatisch elektronisch gespeichert. Damit wussten sie also von dem heimlichen Liebesverhältnis zwischen Schulleiter Boxbeiß und der Schülerin Mary von Schönbrunn. Und sie wussten aus dem geöffneten Brief auch von dem geplanten Treffen im Lehrerzimmer. Da sie außerdem in einem nicht gerade freundschaftlichen Verhältnis zu ihrem verstorbenen Vorgesetzten standen, sondern ihm vorwerfen, er habe ihnen, Herr Feige, gewissermaßen die Schulleiterstelle vor der Nase weggeschnappt, und ihn sogar kürzlich mit dem Tode bedroht haben, sind sie beide die Hauptverdächtigen in dem Mordfall!"

„Ich wusste nichts von diesem Brief!", rief Herr Feige entsetzt. „Ich hatte keinerlei Ahnung davon! Das bestätigt aber nur meine Einschätzung von Herrn Boxbeiß, wenn ich das jetzt sehe!"

„Und was sagen sie dazu, Frau Feige?", fragte Müller. „Sie haben diesen Brief doch für Mary weitergeleitet oder etwa nicht?"

„Ich soll diese Schmiererei weitergeleitet haben?", fragte Frau Feige abwehrend. „Das weiß ich nicht mehr, kann schon sein, ich erinnere mich nicht an alles, was ich für irgendwelche daher gelaufenen Schüler in die Fächer der Kollegen legen soll! Das kommt doch dauernd vor. Und ich öffne doch nicht einfach fremde Briefe und lese das. So etwas interessiert mich nicht!"

„Aber dass der Brief in einem Umschlag war, der erst geöffnet werden musste, das scheinen sie ja zu wissen", sagte Müller. „Wir hatten davon nichts erwähnt."

„Ach was, Unsinn", sagte Cindy Feige. „Das hab ich doch nur so gesagt, dabei hab ich mir nichts gedacht. Man leitet doch tausend Sachen weiter, und oftmals sind Briefe eben in Umschlägen, gerade bei so einem albernen Liebesbrief, den wird man wohl nicht einfach so offen zeigen!"

„Daraus können sie uns nun wirklich keinen Strick drehen, Herr Kommissar!", sagte Bernhard Feige. „Ihre Anschuldigungen sind doch lächerlich!"

„Dann finden sie es vielleicht genauso lächerlich", sagte Müller, „wenn ich sie wegen dringenden Tatverdachts des Mordes an Adolf Boxbeiß vorläufig festnehmen lasse?! Das wird ihrer Karriere als Schulleiter, an welcher Schule auch immer, sicherlich sehr förderlich sein, oder was meinen sie?!"

„Das ist eine bodenlose Unverschämtheit!",
rief Herr Feige. „Ich bin unschuldig! Und das
wird sich auch erweisen! Aber trotzdem könnte ich meine Bewerbung um einen Schulleiter-
posten damit natürlich für immer begraben!
Das ist vorsätzlicher Rufmord!"

„Dann sollten sie vielleicht in ihrem eigenen Interesse etwas besser mit uns kooperie-
ren", sagte Müller. „Was sagen sie dazu, Frau
Feige? Möchten sie, dass ihr Mann morgen als
Mordverdächtiger auf allen Titelblättern aller
Zeitungen zu sehen ist? Dann erlangt er niemals den angestrebten Posten eines Schulleiters!"

„Hören sie auf!", rief Frau Feige. „Mein
Mann hat damit wirklich nichts zu tun! Ja, er
ist manchmal etwas aufbrausend und konnte
Adolf Boxbeiß niemals seinen Verrat verzei-
hen. Aber den Mord hat er nicht begangen!"

„Das klingt doch schon besser", sagte Müller, während Herr Feige seine Frau entgeistert
anblickte. „Ich bin gespannt, was sie zur Klä-
rung beitragen möchten."

„Was hat das zu bedeuten?", fragte der
Lehrer.

„Ja, es stimmt", sagte seine Frau. „Ich habe
den Brief geöffnet und auch kopiert. Aber meinem Mann habe ich ihn nie gezeigt. Das Origi-
nal habe ich wieder in den Briefumschlag ge-

steckt und Herrn Boxbeiß zukommen lassen. Und nachdem ich an diesem Tag recht früh Dienstschluss hatte, bin ich zum Haus der Familie Boxbeiß gefahren. Ich wusste, dass Adolf Boxbeiß nicht zu Hause war, weil er zu dieser Zeit bei einer Konferenz in der Schule sein musste. Dessen habe ich mich nochmal telefonisch unauffällig bei einer Kollegin versichert und dann an seiner Haustür geklingelt, um seine Frau zu sprechen. Die Kopie des Liebesbriefes habe ich Frau Boxbeiß gezeigt und ihr von den fragwürdigen Machenschaften ihres Mannes erzählt. Glauben sie mir, die kleine verwöhnte Göre Mary von Schönbrunn war sicherlich nicht die einzige, mit der sich unser werter Schulleiter gerne außerhalb seiner Ehe vergnügt hat. Das war doch ein offenes Geheimnis, dass er es gerne mit den jungen Dingern trieb! Wir haben das im Kollegium aber immer ignoriert, man will ja auch nicht dem Ruf der eigenen Schule schaden und dann als Nestbeschmutzer gelten. Aber mit diesem Brief hatte ich erstmals einen ziemlich stichhaltigen Beweis. Und noch besser wäre es natürlich, ihn auf frischer Tat bei diesem Treffen zu ertappen. Das alles habe ich also Frau Boxbeiß erläutert, gewissermaßen von einer besorgten und mitfühlenden Frau zur anderen, weil ich nicht mehr länger mit ansehen konnte, wie der freche Lustmolch seine Schülerinnen und seine eigene Ehefrau behandelte! Das unsere ständigen Konflikte mit Boxbeiß dabei auch eine gewisse Rolle gespielt haben, will ich gar nicht leugnen. Endlich hatten wir so etwas gegen ihn in der Hand, und deshalb hab ich das eben seiner Frau berichtet, um ihm Schwierigkeiten zu bereiten, die ihn vielleicht seine Ehe und seine Schulleiterstelle kosten würden. Das hab ich getan. Nicht mehr und nicht weniger!"

„Davon wusste ich nichts", sagte Bernhard Feige. „Und überhaupt, meine Frau hat zwar einen Brief geöffnet und war etwas indiskret, aber es war doch letztlich durchaus berechtigt, so zu handeln und Frau Boxbeiß über das Verhalten ihres Mannes aufzuklären. Mit dem Mord haben wir nicht das geringste zu tun!"

„Das wird sich noch zeigen", sagte Müller. „Ich glaube kaum, dass sie sich richtig verhalten haben, sonst gäbe es jetzt vielleicht keinen Mord. Vorläufig werde ich jedoch von einer Verhaftung absehen."

„So könnte es sich abgespielt haben", sagte Kommissar Müller später zu Chantal. „Frau Feige zeigte Frau Boxbeiß die Kopie des Liebesbriefs mit dem geplanten Treffen im Lehrerzimmer und brachte weitere Anschuldigungen gegen ihren Ehemann vor. Frau Boxbeiß lauerte ihrem Mann dort abends auf und beobachtete die ganze Szene mit Mary. Nachdem sie die beiden zusammen gesehen und belauscht hatte und nachdem Mary den Ort verlassen hatte, erschlug Frau Boxbeiß ihren Mann mit dem schweren Fußballpokal. Wenn sie fünf oder sechs mal zugeschlagen hat, wie Professor Streber berechnet hat, dann dürften die Schläge auch bei ihrer zierlichen Gestalt für die Kopfverletzung und den Tod ihres Mannes ausgereicht haben. Ihre Kinder waren vermutlich zu Hause in ihren Zimmern und haben von dem Ausflug ihrer Mutter nichts gemerkt, da die Schule gar nicht weit vom Haus der Familie entfernt ist. Das Ganze kann sich in einer halben Stunde abgespielt haben. Wir müssen die Kinder natürlich danach befragen, aber ich denke, Frau Boxbeiß ist jetzt dringend der Tat verdächtig."

„Aber was hat es dann mit diesem Schlafmittel auf sich", fragte Chantal, „das Streber in Unmengen im Körper von Boxbeiß gefunden hat?"

„Ja, das möchte ich auch gerne wissen", sagte Müller. „Da fehlt uns offensichtlich noch ein Puzzlestein. Ich hoffe, dass wir auch dieses Rätsel lösen können. In jedem Fall ist derzeit Frau Boxbeiß die Hauptverdächtige am Mord ihres Mannes. Die Aussagen des Ehepaars Feige erscheinen mir recht glaubwürdig. Wir werden Frau Boxbeiß noch einmal befragen und wenn sich der Verdacht erhärtet, müssen wir sie festnehmen."

Gerade als die beiden Kommissare sich auf den Weg zu Frau Boxbeiß machen wollten, kam ein aufgeregter Kollege auf sie zu.

„Es gibt einen Notfall", sagte der Beamte. „Ein gewisser Robert von Schönbrunn hat eben angerufen. Er hat entdeckt, dass seine Pistole samt Munition verschwunden ist. Er hatte sie in einem Schrank im Schlafzimmer in einer abgeschlossenen Schublade aufbewahrt. Diese Schublade war aufgebrochen und die Eheleute von Schönbrunn vermuten, dass ihre Tochter Mary die Waffe an sich gebracht hat. Ihr habt das Mädchen doch kürzlich im Mordfall Adolf Boxbeiß vernommen. Jetzt dürfte sie im Besitz der Pistole ihres Vaters sein und könnte sich oder anderen damit etwas antun. Die Eltern haben keine Ahnung, wo sie sein könnte, per Handy ist sie nicht zu erreichen."

„Scheiße!", sagte Chantal. „Sie trauert um Boxbeiß und gibt sich womöglich die Schuld an seinem Tod. Wer weiß, was sie mit der Waffe anstellt?"

„Vielleicht wollte sie damit doch noch

Selbstmord verüben", überlegte Müller.

„Dann hätte sie das aber auch gleich zu Hause machen können, oder?", fragte Chantal.

„Eigentlich schon", sagte Müller. „Es könnte aber sein, dass sie sich noch nicht sicher war oder dass sie es an einem bestimmten Ort tun will, der eine besondere Bedeutung für ihrer Liebesbeziehung hatte."

„Dafür kommt in erster Linie die Schule in Frage", sagte Chantal.

„Richtig", sagte Müller. „Lass uns mal auf gut Glück dahin fahren. Etwas besseres fällt mir im Moment auch nicht ein. Ich ruf gleich mal da an. Und ihr haltet uns bitte auf dem Laufenden, wenn es was neues in der Sache geben sollte."

„Ok, Tommy", sagte der Kollege. „Ich gebe gleich eine Personenfahndung nach Mary von Schönbrunn heraus."

Müller und Chantal liefen zu ihrem Wagen und fuhren los. Auf der Fahrt rief Müller zunächst im Schulbüro des Gymnasiums an, doch das war gerade nicht besetzt, weil diese Woche aufgrund des Mordfalls noch schulfrei war und der stellvertretende Schulleiter sowie die Sekretärinnen sich ebenfalls frei genommen hatten. Daraufhin rief er den Hausmeister an und erreichte ihn auf seinem Smartphone. Hermann Pütz hatte jedoch bisher nichts besonderes bemerkt.

„Am Vormittag war nur diese Selbsthilfegruppe da", sagte der Hausmeister, „mit einem Pfarrer und einer Psychologin zur Verarbeitung der ganzen Geschichte mit einem Dutzend Schüler, die das freiwillig machen. Und jetzt nutzt gerade eine Turngruppe die Sporthalle, soweit ich weiß. Sonst war heute nichts los."

„Wissen sie zufällig", fragte Müller, „ob eventuell die Schülerin Mary von Schönbrunn heute da war?"

„Nein", sagte Pütz. „Ich kenne sie von den Klassenfotos und so. Aber die habe ich heute nicht gesehen."

„Vielen Dank", sagte Müller. „Bitte halten sie weiter die Augen offen und melden sich sofort bei mir, wenn sie Mary sehen sollten oder ihnen noch etwas anderes auffällt. Wir kommen gleich nochmal an die Schule, weil wir Mary suchen und sie vielleicht dort auftauchen könnte."

„Alles klar", sagte Pütz.

„Dann bis gleich", sagte Müller und steckte sein Smartphone wieder ein.

Kurz darauf kamen die Ermittler an der Schule an. Sie sprachen mit dem Hausmeister und vergewisserten sich anhand von Fotos, dass er wusste, um wen es sich bei Mary von Schönbrunn handelte. Dann schauten sie in die

Sporthalle der Schule, aber dort war offenbar nur eine Turngruppe mit Kleinkindern aus einem benachbarten Kindergarten am Werke und ebenfalls keine Spur von Mary.

„Die Chancen stehen schlecht, dass wir sie hier treffen", sagte Chantal, als sie wieder über den Schulhof zum Parkplatz gingen. „Aber was sollen wir sonst tun?"

„Wenn ich es so recht bedenke", sagte Müller „dann glaube ich eigentlich nicht, dass Mary sich umbringen will. Immerhin hätte sie dazu auch schon früher Gelegenheit gehabt."

„Man weiß doch nie, wie jemand in dem Alter tickt", sagte Chantal. „Nach dem was sie schon erlebt hat, dürfte ihr Verhalten ziemlich unberechenbar sein."

„Sicher", sagte Müller. „Aber umbringen könnte sie sich auch, wie schon angedeutet, mit einem Messer oder irgendwie anders. Eine Schusswaffe erscheint mir insbesondere auch geeignet, damit jemand anderen zu töten."

„Und wer sollte das sein?", fragte Chantal.

„Mir geht ein Licht auf!", rief Müller. „Nach dem Mord an Boxbeiß wurden doch die Interneteinträge von Kevin Schneider weiter verbreitet und schließlich der Polizei gemeldet. Mary könnte ebenfalls die Beiträge gelesen haben und deshalb Kevin für den Mörder von Boxbeiß halten. Von unserer Befragung und von seinem Alibi weiß sie ja nichts."

„Da könnte was dran sein", sagte Chantal. „Wir sollten also versuchen, Kevin zu erreichen, und ihn vorsichtshalber warnen."

„Sein Smartphone liegt beschlagnahmt im Landeskriminalamt", erinnerte Müller. „Aber ich versuche es mit dem Festnetzanschluss der Eltern."

Kevins Mutter, die ans Telefon ging, war nach den kürzlichen Erfahrungen alles andere als gut auf die Polizei zu sprechen. Kevin war ihren Angaben zufolge gerade nicht zu Hause, aber Frau Schneider konnte nach einigem hin und her mitteilen, dass ihr Sohn zu einem Filmfestival für Fantasy-, Science-Fiction- und Horrorfilme in der Stadt gehen wollte. Müller bat sie, sobald sie wieder Kontakt mit Kevin hätte, diesem auszurichten, dass er sich bei dem Kommissar melden solle.

„Wollen wir jetzt hier bleiben", fragte Chantal, „oder zu diesem Festival fahren? Oder zurück ins Hauptquartier?"

„Lass uns zu dem Kino fahren", sagte Müller. „Hier in der Schule sind im Moment offenbar weder Mary noch Kevin, aber den Jungen könnten wir bei dem Festival antreffen. Wenn sich inzwischen etwas anderes ergibt, werden die Kollegen uns schon Bescheid sagen."

Eine Viertelstunde später waren Müller

und Chantal vor dem Kino, in dem das Film-festival stattfand. Es war am frühen Nachmit-tag und die ersten Filme würden in etwa einer halben Stunde anfangen. Allerdings standen schon einige Dutzend Festivalgäste auf dem Vorplatz und im Eingangsbereich des Kinos in Unterhaltungen vertieft und bei der Einnahme von Getränken und kleinen Snacks. Die Kom-missare stiegen aus ihrem Wagen und gingen unauffällig in Richtung Kino.

„Dahinten", flüsterte plötzlich Müller und deutete mit dem Zeigefinger auf eine kleine Gruppe neben dem Eingang. Dort stand Kevin Schneider mit einer Flasche Cola in der einen und einem Programmheft oder etwas ähnli-chem in der anderen Hand und unterhielt sich mit zwei andern Jungen.

„Ja, da ist er", sagte Chantal. „Aber, hey, schau mal dahinten. Da kommt Mary!"

Mary kam von der anderen Seite die Straße entlang auf das Kino zu. Sie blickte sich wü-tend unter den Festivalbesuchern um und er-kannte schließlich den Gesuchten. Das Mäd-chen hatte die wüsten Morddrohungen von Ke-vin gegen Boxbeiß gesehen und auf der Face-bookseite des Jungen erfahren, dass er heute dieses Festival besuchen würde. Sie zog die Pistole ihres Vaters aus der Jacke und richtete sie auf Kevin.

„Zur Seite, ihr Idioten!", rief Mary. „Ich will nur dieses Schwein töten!"

Die Jungen im Kreis von Kevin und die anderen umstehenden Leute wichen erschreckt zurück, als sie das Mädchen mit der Pistole sahen. Mary zielte mit bösem Blick auf ihr Opfer, als Müller und Chantal herbei liefen und ihre Dienstwaffen zogen.

„Waffe runter!", brüllte Müller und zielte ebenso wie Chantal auf Mary. „Der Junge war es nicht!"

„Ich hab seine Drohungen gelesen!", rief Mary und blickte verwirrt zwischen den Kriminalbeamten und dem Jungen hin und her, der jetzt vor Angst erstarrt und leichenblass mit der Mündung der Pistole vor dem Gesicht dastand.

„Mach dich nicht unglücklich, Mary", sagte Chantal. „Hör uns nur zu und lass uns bitte erklären!

„Ich knall dich ab!", rief Mary wütend Kevin zu. „Du hast meinen geliebten Adolf umgebracht! Jetzt bist du dran!"

„Er war es nicht", sagte Müller. „Wir haben alles überprüft. Der Junge war zur Tatzeit gar nicht in der Stadt. Er hat ein Alibi, aber wir haben inzwischen eine andere Person ermittelt, die dringend tatverdächtig ist. Leg die Waffe runter!"

„Das was er geschrieben hat!", rief Mary unter Tränen. „Dafür muss der Typ schon sterben! Vielleicht war er es doch, er wollte meinen Adi ermorden! Ich knall ihn ab und dann mich selbst!"

„Wir verstehen deine Wut und deine Trauer", sagte Chantal. „Aber ich kann dir versichern, dass Kevin nicht der Täter war. Ich verspreche dir, wenn du die Waffe niederlegst, dass wir in Ruhe alles erklären können. Wir werden den wahren Mörder noch heute festnehmen."

„Sei vernünftig, Mary", sagte Müller und ging langsam mit ausgestreckter Hand auf die Schülerin zu. Schließlich ließ das Mädchen die Pistole sinken und der Kommissar konnte ihr die Waffe abnehmen. Mary brach unter Tränen zusammen, während Chantal sie in die Arme schloss. Kevin setzte sich hin, schloss die Augen und atmete ein paar mal kräftig durch, als ihm bewusst wurde, dass er dem Tod gerade noch einmal von der Schippe gesprungen war.

Müller und Chantal suchten gegen Abend das biedere Einzelhaus der Familie Boxbeiß auf, um Frau Boxbeiß dort im Lichte der neusten Erkenntnisse zu vernehmen. Später wollten sie auch ihre Kinder bei den Großeltern befragen.

„Ja, es stimmt", sagte Sieglinde Boxbeiß

unter Tränen und bestätigte die Aussage von Cindy Feige. „Ich habe schon lange so etwas geahnt, aber es einfach nicht glauben wollen. Aber mit dem Liebesbrief von dieser Mary und nach den Erzählungen von Frau Feige konnte ich die Augen nicht mehr länger vor der Wahrheit verschließen. Ich wollte Gewissheit haben und bin deshalb gegen 21 Uhr zur Schule hinüber gefahren. Im Lehrerzimmer habe ich mich in einer Ecke hinter einem langen Vorhang versteckt und meinen Mann mit dieser Schülerin heimlich beobachtet. Er hat ihr so einen Unsinn erzählt und dann hat er dieses kleine Flittchen auch noch geküsst, so wie er mich schon seit vielen Jahren nicht mehr geküsst hat! Als das kleine Luder dann weggegangen war, wollte ich Adolf zur Rede stellen. Er war so komisch, wie angetrunken oder völlig verschlafen, und es kam kein richtiges Gespräch zustande. Ich habe ihn angeschrien, dass ich ihn verlassen werde und dass ich alles öffentlich mache! Das Haus, die Kinder und seine Stellung hätte er sich dann abschminken können! Aber er ist gar nicht richtig auf mich eingegangen, hat nur gemurmelt, dass alles gut wird und wir das Problem schon meistern werden als Familie. Da war es mir zu blöd und ich bin wieder nach Hause gefahren."

„Warum haben sie uns das bei der letzten

Befragung verschwiegen und die Unwahrheit gesagt?", fragte Chantal.

„Ich wollte mich doch nicht verdächtig machen", sagte Frau Boxbeiß. „Und dass alles an die Öffentlichkeit kommt, mit den Schülerinnen und so, dass wollte ich auch nicht wirklich. Jedenfalls nicht, nachdem Adolf tot war, schon um mich und die Kinder zu schützen. Es tut mir Leid, das ist alles zu viel für mich!"

„Wenn ihr Mann noch am Leben war", überlegte Müller, „nachdem Mary Schönbrunn und kurz darauf auch sie ihn verlassen haben, wer könnte ihn dann ermordet haben? Denn kurz darauf wurde er im Lehrerzimmer getötet. Die Benommenheit ihres Mannes, die sie beschreiben, deutet auf ein Schlafmittel hin, das in seinem Körper festgestellt wurde. Aber was den Täter betrifft, tappen wir weiter im Dunkeln."

„Ist ihnen noch irgendetwas in der Schule aufgefallen?", fragte Chantal. „Haben sie noch jemanden im Gebäude gesehen oder auf dem Schulhof, auf dem Parkplatz oder in unmittelbarer Nähe des Schulgeländes?"

„Nein, niemanden", überlegte Frau Boxbeiß. „Oder, ach doch, jetzt fällt mir etwas ein. Nachdem ich Adolf angeschrien habe und hinausgelaufen bin, habe ich im Gang vor dem Schulbüro jemanden gesehen."

„Und wer war das?", fragte Müller.

„Ach, das war nur die alte Frau Pütz", sagte sie. „Wissen sie, die nette Frau von dem alten Hausmeister, die in der Schule putzt und in der Pause am Kiosk verkauft und so. Die hat uns doch immer, wenn ich Adolf früher bei der Arbeit besucht habe, so lieb Tee und Kuchen gebracht."

„Und was hat sie gerade dort gemacht, als sie hinausgegangen sind?", fragte Müller. „Versuchen sie bitte, sich genau zu erinnern. Jede Einzelheit könnte wichtig sein."

„Ich weiß nicht mehr", sagte Frau Boxbeiß. „Ich war so aufgeregt und so wütend auf meinen Mann, dass ich nicht besonders auf Frau Pütz geachtet habe. Aber wenn ich jetzt so darüber nachdenke, die hat wohl gerade die Pokale in der Vitrine geputzt."

Müller und Chantal sahen sich vielsagend an, als das Smartphone des Kommissars klingelte und die Ermittler eine neue dringende Nachricht erhielten.

Sie entschuldigten sich bei Frau Boxbeiß, liefen zu ihrem Dienstwagen und fuhren blitzschnell los. In ein paar Minuten waren sie wieder am Gymnasium. Einige uniformierte Kollegen führten sie sogleich zu einer kleinen Abstellkammer hinter der Wohnung des Hausmeisterehepaars. Dort hingen an einer Lampe mit Schlingen aus dicken Stricken um die Hälse der Hausmeister Hermann Pütz und seine Ehefrau Ingrid. Auf dem Boden lagen die Überreste eines zertrümmerten Smartphones und in der Nähe auf einem kleinen Holztisch lag ein in zittriger schwarzer Handschrift verfasster Brief. Die Ermittler lasen:

Liebe Nachwelt,
wir haben uns selbst gerichtet. Meine Frau konnte nicht mehr ertragen, wie Direktor Boxbeiß mich ständig tyrannisiert und mir zuletzt sogar mit der Entlassung gedroht hat. Außerdem mussten wir über viele Jahre mit ansehen, wie der entartete Schmutzfink es bei jeder Gelegenheit mit den jungen Schülerinnen und sogar mit kleinen Schülern getrieben hat! In seinem Büro, in den Klassenräumen, in der Besenkammer, auf den Toiletten und überall in der Schule hat dieses ekelhafte Dreckschwein sein widernatürliches Unwesen getrieben! Eines Abends hat meine Frau ihm dann eine große Ladung Schlafmittel in den Tee gemischt. Als er länger da war, um auf ein Stelldichein mit einem Mädchen zu warten, hat sie ihm eine ganze Kanne von dem Tee serviert, die er nach und nach ausgetrunken hat. Mir hat sie eine kleine harmlose Dosis Schlafmittel verabreicht und der langweilige Fernsehkrimi hat sein Übriges getan, um mich in sanfte Träume zu wiegen. Nachdem die Schülerin wieder weg war, hat Boxbeiß aber immer noch ge-

standen. Er war nur etwas benebelt, als Ingrid beobachtete, wie plötzlich seine Frau im Lehrerzimmer auftauchte. Sie hatte ihn mit dem Mädchen beobachtet und es gab einen lauten Streit, doch dann ist seine Frau auch wieder verschwunden. Da wollte meine Frau nicht mehr länger warten. Das Schlafmittel hatte den Direktor immerhin schon soweit betäubt, dass sie ihn leicht überwältigen konnte. Mit mehreren Schlägen mit einem Fußballpokal aus der Vitrine hat sie ihm den Garaus gemacht! Sie hat dem Dreckschwein den Schädel eingeschlagen! Immer feste druff, bis Boxbeiß tot war! Den verbeulten und mit Blut beschmierten Pokal hat sie danach gründlich gesäubert und entsorgt. Am nächsten Morgen habe ich die Leiche gefunden und erst später hat Ingrid mir ihre Schreckenstat gestanden. Wir wissen jetzt, dass es falsch war, aber der Hass auf die Dreckschabe war einfach zu groß! Jetzt haben wir gehört, dass andere unschuldig verdächtigt werden, sogar dieses Mädchen und seine Ehefrau, die der Unhold doch beide nur schamlos ausgenutzt und betrogen hat. Wir wollen dem ein Ende bereiten. Unser Leben hätte keinen Sinn mehr, wenn Ingrid in diesem Alter ins Gefängnis müsste und wir getrennt wären. Deshalb haben wir uns selbst gerichtet und wenn das Schlafmittel auch bei uns nicht ausreicht, dann soll der gute alte Strick seinen treuen Dienst tun. Wir lieben uns seit über fünfzig Jahren und gehen jetzt gemeinsam in eine bessere Welt!

gez. Hermann und Ingrid Pütz

„Wer hätte das gedacht", sagte Müller schwermütig. „Jetzt braucht die Schule einen neuen Schulleiter und einen neuen Hausmeister. Und nicht zuletzt eine neue Hausmeistergattin, die einen so hervorragenden Tee serviert."

„Und die Kinder Boxbeiß haben zwar keinen Vater mehr, aber ihnen bleibt wenigstens ihre Mutter", sagte Chantal. „Jedenfalls wenn die Erklärung des Ehepaars Pütz der Wahrheit entspricht."

„Ich glaube, so ist es", sagte Müller. „Nachdem Mary und Frau Boxbeiß die Schule verlassen hatten und während Herr Pütz vor dem Fernseher geschlafen hat, hatte Frau Pütz genügend Zeit, den Mord zu begehen, genauso wie in dem Abschiedsbrief beschrieben."

„Sie war also die Täterin", sagte Chantal. „Warum habe ich aber das Gefühl, dass diese alten Leute auch Opfer waren?"

„Das waren sie", sagte Müller. „Sie waren Opfer moderner Zeiten. – Dieser Fall ist abgeschlossen."

Ende

Werke von David Perteck
im Books on Demand Verlag

Romane und Erzählungen

2011 *Im Zauberkreis der Dämonen*, 204 S., € 19,90.

2012 *Im Labyrinth der Ewigkeit*, 168 S., € 19,90.

2013 *Die Zauberer von Atlantis*, 164 S., € 29,90.

2013 *In Zeiten wie diesen – oder: Donald
und der Sex-Professor*, 164 S., € 29,90.

2013 *Die Kristallkugel. Eine Legende*, 32 S., € 24,99.

2014 *Im Zeichen des Schwarzen Greifen.
Der Ursprung einer dunklen Legende*, 44 S., € 24,99.

2014 *Tod im Lehrerzimmer*, 56 S., € 9,99.

Sachbücher

2005 *Über Tod und Zeitlichkeit. Philosophische Untersuchungen zu Martin Heideggers Sein und Zeit*, 124 S., € 19,90.

2010 *Ideenlehre und Willensmetaphysik. Philosophische Untersuchungen zu Platon und Schopenhauer*, 236 S., € 19,90.

Der Autor

David Perteck hat Philosophie und Germanistik studiert und lebt als Philosoph und Autor in Hamburg. Er arbeitet an mehreren neuen literarischen Projekten sowie als Lehrbeauftragter.

www.science-fantasy.de